KB010493

승려시집 9집

# 시인이여,
# 깨달음을 노래하라

조 오 현  외 18인

시인이여,
깨달음을 노래하라

이서원

[승려 시인들이여, 깨달음을 노래하라] 승려 시집 8집 '쉼'을 간행하고 불교문학에 대해 문학을 숭상하는 독자들에게 관심을 보였다고 생각하면서 승려 시집 9집 원고를 승려 시인들에게 지상을 통해 청탁을 하였다.

시를 간행하는 시 전문지에서는 시인들에게 원고를 청탁하고 시 한 편에 대한 원고료를 주었다. 그런데 언제부터인지 시 문학지에서 시인들에게 시를 청탁하는 시 전문지가 없다. 그러한 시대를 마감한 것은 정치적 격동기라고 말할 수 있는데 노무현 정권 시대 이후에 시 문학지에서 시 원고를 중단한 것이 아닌가 한다. 뿐만 아니라 소설, 희곡, 수필 등도 그렇다고 할 수 있다.

시 문학인들에게 원고료를 주던 시대에는 시 문학에 있어서 개인적인 면에 주어진 것이라고 보아야 하지만, 국가에서 시 문학에 대한 관심을 보이지 않는 것은 있을 수 없다. 시 문학지에서는 원고를 지급하는 시 문학지가 있어야 한다. 시인들에 대한 국가에서 예우를 해야 한다. 시인의 탄생이야말로 민족 문학을 전승함이다.

시 문학이 살아야 민족이 산다고 말할 수 있다. 시 문학을 통해서 자신에 대한 고뇌를 하지 않고서는 문화를 창조할 수 없다. 시 문학에 중심적 언어는 자아를 발견하는 고뇌가 바로 나를 깨우는 길이다. 승려시인들에게 주어진 깨달음을 노래하라는 말이기도 하다.

승려 시집 9집을 간행하기 위하여 승려 시인들의 시 작품을 수집하는데 어려움이 있었다. 본래 승려들의 시를 창작하지만 목적은 자아를 발견해야 한다는 의미에서 보면, 시는 승려들에게 있어서는 깨달음에 이르는 게송(偈頌)이라고 말할 수 있다.

승려시인들은 승려시인의 시 문학 운동을 전개하려는 이유는 신라의 향가, 고려 균여(均如) 향가, 고려 최고의 시승인 혜심(慧諶) 시인과 조선의 서산 시인, 사명 시인의 역사성을 전승하고, 일본 식민지시대 만해 한용운 시인의 역사성을 회복하려고 함이다.

신라의 향가 시문학을 전승하려는 것이 목적이다. 승려시인들의 문학에 대한 전승의 문학 역사를 바르게 성찰하면서 승려들의 존재를 시를 통해 알리고자 한다. 승려시인들은 개별적 작품을 발표하지만, 승려집단적인 시집에 원고는 적극적이지 못하다. 이번호에는 작고 승려시인 조오현 시조를 통해서 삶에 문학을 고찰하려고 한다.

승려시집이 간행한 역사를 1971년에 간행했다. 아직도 승려시인들에게 주어진 동인지라는 점을 바르게 성찰해주기를 바라면서, 선배 승려시인들과 후배 승려 시들의 바른 관점을 주문한다.

승려시인 회장　　진　　관

# 차
# 례

9

작
고
시
인

# 조

오

현

편

1932년 경남 밀양 출생
1939년 입산
1968년 석암 스님을 계사로 비구계 수지
1968년 '시조문학'으로 등단
1977년 신흥사 주지
1997년 만해상 제정
1998년 백담사 무금선원 설립
2011년 신흥사 조실 추대
2013년 강원 인제군 만해마을을 동국대 기증
2015년 조계종 원로의원
정지용문학상, 공초문학상, 한국문학상 수상
2018년 5월 27일 입적

**시집**
심우도, 1979
절간이야기, 2003
아득한 성자, 2007
마음하나, 2012

# 아득한 성자

하루라는 오늘
오늘이라는 이 하루에
뜨는 해도 다 보고
지는 해도 다 보았다고
더 이상 더 볼 것 없다고
알 까고 죽는 하루살이 떼

죽을 때가 지났는데도
나는 살아있지만
그 어느 날 그 하루도 산 것 같지 않고 보면
천년을 산다고 해도
성자는
아득한 하루살이 떼

# 솔밭을 울던 바람은
## - 산거일기 7

솔밭을 울던 바람은 솔밭이라 잠이 들고

대숲에 일던 바람은 대숲이라 순한 숨결

저 하늘 가는 저 달도 허심하니 밝을 밖에

# 남산골 아이들

남산골 아이들은 흰 눈 덮인 겨울이 가면

십 리도 까마득한 산속으로 들어가서

멧새알 둥지를 안고 달빛 먹고 오더라

# 죄와 벌

우리 절 밭두렁에 벼락 맞은 대추나무

무슨 죄가 많았을까 벼락 맞을 놈은 난데

오늘도 이런 생각에 하루해를 보냅니다

# 일월日月

하늘은 저만큼 높고 바다는 이만큼 깊고

하루해 잠기는 수평 꽃구름이 물드는데

닫힐 듯 열리는 천문天門 아, 동녘 달이 또 돋는다

# 내가 나를 바라보니

무금선원에 앉아 내가 나를 바라보니

기는 벌레 한 마리 몸을 폈다 오그렸다가

온갖 것 다 갉아먹으며 배설하고 알을 슬기도 한다

# 사랑의 거리

사랑도 사랑 나름이지 정녕 사랑을 한다면

연연한 여울목에 돌다리 하나는 놓아야지

그 물론 만나는 거리도 이승 저승쯤은 되어야

# 계림사 가는 길

계림사 외길 사십 리 허우단심 가노라면
초록산 먹뻐꾸기 울음이 옷섶에 배이누나
이마에 맺힌 땀방울 흰 구름도 빛나고.

물 따라 산이 가고 산을 따라 흐르는 물
세월이 탓 없거니 절로 이는 산수간山水間에
말없이 풀어놓는 가슴 열릴 법도 하다마는.

한 벌 먹물 옷도 두 어깨에 무거운데
눈 감은 백팔염주 죄罪일사 목에 걸고
이 밝은 날빛에서도 발길 어두운가.

어느 골 깊은 산꽃 홀로 피어 웃는 걸까
대숲에 이는 바람 솔숲에 와 잠든 날을
큰 산에 큰절 드리려 나 여기를 왔구나.

# 종연사終緣詞

그의 마지막 날엔 산도 한 번 눈을 뜨랴
어머니 머리맡에 눈물만을 남기신 생애
그냥은 차마 그냥은 감을 수 없었으라!

단 한 번 덮고 가실 천금天衾의 천을 짜시며
그 목숨 받을 때부터 돌릴 줄을 아셨던가
북망산 솔빛보다도 더 빛나는 만장輓章이여.

우러르면 하늘 가득히 채우고도 남을 생각
부처님 전 밝힌 설움이 행여나 꺼질세라
칠 남매 기르신 정이 강물 되어 넘쳤네.

# 인우구망人牛俱忘

## - 무산심우도 8

히히히 호호호호 으히히히 으허허허

하하하 으하하하 으이이이 이흐흐흐

껄껄껄 으아으아이 우후후후 후이이

약 없는 마른버짐이 온몸에 번진 거다

손으로 깊는 육갑 멍씨 박힌 전생의 눈이다

한 생각 한 방망이로 부셔버린 삼천대계여

# 아지랑이

나아갈 길이 없다 물러설 길도 없다

둘러봐야 사방은 허공 끝없는 낭떠러지

우습다

내 평생 찾아온 것이 절벽이라니

끝내 삶도 죽음도 내던져야 할 이 절벽에

마냥 어지러이 떠다니는 아지랑이들

우습다

내 평생 붙잡고 살아온 것이 아지랑이더란 말이냐

## 일색과후―色過後

나이는 열두 살 이름은 행자
한나절은 디딜방아 찧고
반나절은 장작 패고……
때때로 숲에 숨었을 새 울음소리 듣는 일이었다

그로부터 10년 20년
40년이 지난 오늘
산에 살면서 산도 못 보고
새 울음소리는커녕 내 울음도 못 든는다

# 세월 밖에서

산영山影처럼 무게로운 석양볕 걷힌 하늘
말없이 손짓하며 저 강을 누빈 말씀
오늘은 지팡이 하나 잡아도 아, 여로旅路는 멀다.

일그러진 위무慰撫의 그늘 애안涯岸에 들앉으면
울림 없는 풀피리로 한 하늘이 열리는가
태초의 그 공적空寂 너머 고요로운 흐름이여.

무너진 절터 저쪽 태고太古로운 주련柱聯 아래
빈 마당 하나 장등長燈 그을음에 얽혔어도
저물은 세월 밖에서 어두움을 밝힌다.

# 관음기觀音記

촛불 켠 꿈은 흘러 연꽃으로 물들어도
마지막 목욕하고 앉지 못할 연대蓮臺여
설움의 소리를 듣고 차마 못 갈 보살-.

손에 쥔 백팔염주 헤아릴수록 무거움은
흩어진 상념들을 알알이 꿰음일레
달뜨는 뜨락에 서서 지켜보는 이 정토!

# 琵瑟山비슬산 가는 길

琵瑟山 구비 길을 스님 돌아 가는 걸까
나무들 세월 벗고 구름비껴 섰는 골을
푸드득 하늘 가르며 까투리가 나는 걸까.

거문고 줄 아니어도 밟고 가면 韻 들릴까
끊일 듯 이어진 길 이어질 듯 끊인 緣을
싸락 눈 매운 향기가 옷자락에 지는 걸까.

절은 또 먹물 입고 눈을 감고 앉았을까
만첩첩 두루 寂寞 비워 둬도 좋을 것을
지금쯤 멧새 한마리 깃 떨구고 가는 걸까

# 이

# 병

# 석

## 시

## 인

### 편

시인·승려

1970년 [현대문학]에
시 〈오월(五月)의 서(書)〉추천

[승려시인회] 회원
한국문인협회 회원
국제펜클럽한국본부 회원
국제계관시인연합회 회원
부산시인협회 부회장

봉화사(烽火寺) 주지
실상문학상 수상

# 우리누나

감자 저며 넣고 간장 풀어
수제비 끓여 먹이다
목이 메던 우리누나

부스럼딱지 떼어내고
후후 불어주던 누나
까까머리 친정동생
상한 손 앓는다고
쪽쪽 빨아주던 우리누나

일용돈 번다고 새벽이면
십리 길 수원장에
복숭아 이어 날라
시누이 없는 날에
용돈 쥐어 주던 우리누나

진달래 붉게 피는
산에 누워 뻐꾸기 소리에도
울고 있을 누나
저승길에 엄니 만나

두 손 잡고 울었을 우리누나
길가에 차 세워
시 쓰는 나를 찾아
등 두드릴 우리누나

# 아버지의 손

온통, 굳은살뿐인
찔레가시가 박히지도
못하는 장작개비 손

깨알같은 펜글씨로
달랑치 논배미마다
내력을 적어두신 손

다 낡은 천 원짜리 돈들을
책갈피에 곱게곱게 펴 넣어
벽장에 넣어두신 손

자식하나 키워내길
참외 팔고 누에치며
늙도록 논두렁 풀을
깎아내시던 손

밭두렁, 논고랑마다 땀을 쏟아
등골이 다 패여도 모르던
오직 한 맘이시던 돌 같은
지금은 진토(儘土)됐을 손.

# 샛강 마을

칼바람이
살을 에던 그믐밤
강 얼음 쫭쫭 갈라지더니
아버님이 사다리를 메고 뛰신다.

매년 오던 누이가
혼자된 뒤론 기별도 없는데
우리 딸년이여!
우리 딸년!
소리치며 뛰신다.

온 마을이 따라 뛴다.

# 하얀 소나기

적멸보궁 참배하던
말간 중년부부

남들은 추녀 밑에
비집고 섰는데

하얀 소나기 속으로
그냥, 산을 내려가네.

# 간이역

기차를 타고 온 바람이
막 내리고 있다
겨울을 지난 가랑잎이
달려가 마중을 하고
풀썩 먼지를 일으키며
바람이 두엇 내린다
하얀 할멈이 안산만한
보퉁이를 뒤뚱뒤뚱 굴려 내려
오일장을 챙겨 오는 길이다
플랫트홈 귀퉁이를 지키던
노인이 잰걸음에 달려들고
노란 봄볕이 거들어 준다
이제 뒷골까진 시오리 길
세상이 또 영글 시간이다.

# 이
## 청
### 화
#### 시
##### 인
###### 편

불교신문 신춘문예(1977)
한국일보 신춘문예(1978) 당선

시집
『무엇을 위해 살 것인가』
『물이 없는 얼굴』
『사람입니까』

산문집
『돌을 꽃이라 부른다면』
『향기를 따라가면 꽃을 만나고』

# 사랑

바닷가에 던져버리면
한낱 조개껍질에 불과하겠지.
하지만 아느냐.
꿀단지에 담아 엎지르지 않으면
사랑은 맹물도 꿀이 되게 하는 것을,
또한 어떤 돌밭에서도
깨지지 않는 구슬이 되게 하면
사랑은 태산도 넘는 힘을 갖는다는 것을.

# 출가

타는 목마름에 커진
두 귀를 기울이고

출가는
먼 물소리 따라
물 찾아 가는 길.

손에 감아 쥔
금송아지 고삐를 놓아라

출가는 출가는
저기 저기 저 설산 너머의
눈부신 물 만나러 가는 길.

# 香 하나 사르며

香 하나 사르며
나는 비로소
흉터 하나 없는
나를 만납니다.

온갖 바람에도
늙지 않는 얼굴
香내음 밟아 오는
고요한 모습의 나

큰 것이 아닙니다
작은 것도 아닙니다
고뇌의 저 편에 있는
멀고 아득한 나

香 하나 사르며
나는 나를 만나
번뇌가 없는 계단
경건히 오릅니다.

# 佛心

햇빛도 가을에는

아마 무얼 아는지 몰라


열어 놓은 빈 법당

지나치지 아니하고


청평사 부처님 전에

한참씩 앉았다 가네.

# 햇빛 달빛 지워진 얼굴

햇빛
달빛
지워진 얼굴로는
어둠밖에 볼 수가 없다.

어둠밖에 볼 수가 없는
얼굴로는
어둠밖에 말할 수 없고
어둠밖에 노래할 수 없다.

그런데 그대는,
밖으로 문을 잠근 그대는,
이 어둠 속에서도
햇빛 달빛 같은 말만 하라는가,
햇빛 달빛 같은 노래만 하라는가.

# 이
## 법
## 산
### 시
### 인
### 편

시인·스님
2010년 월간 문학공간 시 신인상

보조국사 지눌사상 연구로 박사학위
1986년 동국대 선학과 교수 부임

동국대 불교대학장
불교대학원장
정각원장
불교문화연구원장
보조사상연구원장
한국선학회장
인도철학회장
한국정토학회장
동국대 명예교수

# 무소유無所有

가진 것 없어
두려울 것 없고
아는 것 없어
시비할 것 없네.

텅빈 하늘
밝은 태양이 빛나고
맑은 호수
둥근 달이 노니네.

자성청정의 반야般若
만상에 걸림없고
몰현금 장단에
무위락을 노니네.

# 무명無名

언제 있었던가
말도 없었고
문자도 없었는데

누가 만들었는가
분별의 의식
차별의 생각

따지자는 것 아니었는데
왜들 시비하는가
그저 이름일 따름인 걸

맑은 하늘을 보라
한생각 일어나기 전
무엇이 보이든가.

허허 소리 내기 전
눈썹의 미소
들리는가

# 고마운 친구

내 작은 창가에
달빛 찾아오면
마주 앉아 추억을 나누고

내 닫친 창문에
햇빛 노크하면
생명의 실상을 노래하며

내 방문 활짝 열어
시원한 바람 맞아들여
마당에 핀 연꽃 향기 머금어 보리.

어두운 밤 창 틈으로
들려 오는 시냇물 소리
자장가 되어 가만히 잠드네.

# 날 보러 오시려 거던

꽃 피듯 가만히 오시어

작설차 한잔 드시고

행복한 미소 머금고

나비처럼 사푼히 가시옵소서.

# 동화사 마애여래

풀숲에 가려진 석벽

어떻게 느꼈을까

부처가 숨 쉬는 소리


지고 가던 걸망 벗어 던져고

저 높은 벼랑에 매달려

어떻게 나투었을까*

저 유희좌遊戲坐** 모습

천년을 넘어

어떻게 견뎌 왔을까

풍마우세風磨雨洗 변덕을



석연대石蓮臺 오롯이 앉아

허공에 피우는 연꽃 미소

가만히 마음에 담아

천년 꿈을 깨우세.


\* 깨달음이나 믿음을 주기 위해 사람들에게 나타내다
\*\* 결가부좌에서 한쪽 다리를 풀어 대좌 밑으로 내린 자세

# 꽃과 나

꽃이 나를 보고

내가 꽃을 보니

꽃이 나인가

내가 꽃인가?


내가 보는 꽃

나에게 보이는 꽃

내마음에 꽃의 모양이 없다면

어찌 꽃인줄 알겠는가?

꽃의 아름다운 미소

바라보는 그대로 아름답고

꽃의 그윽한 향기

눈을 감아도 그윽하여라.


꽃에 담겨진 내 마음

마주하는 모든 생명

꽃처럼 행복하게

꽃처럼 아름답게.

# 한 송이 꽃

외로워 보이시나요

그렇지 않아요

더 아름답잖아요


행복한 마음의 향기

고이 간직하여

마주하는 당신에게 드리잖아요

# 봉선화

그대 눈 속에 담긴 나
내 붉은 얼굴에 새겨진
애틋한 작은 숨결

그대 마음에 모랑모랑
내 작은 가슴에 물들이고
지워지지 않는 고운 정

곧 날아가 다시 오지 않을 홀씨들
그 자리 그 곳에 남아
지그시 눈 감은 기다림.

# 동화사 약사대불

천년의 꿈을 깨고

만년의 업장을 벗어던져

뭇 생명 자성 청정 깨우려

돌 부처로 오셨네


백두의 천지를 깨우고

팔공의 공덕 약수 뿌려

모든 중생 병고 소멸하는

약사여래로 환생하시어

부모미생전 청정성 깨우고

불꽃 속 백연화 피우듯

동방 아촉의 섬광

동화사 대도량에 충만하여라.

# 이
## 대
### 우

#### 시
##### 인
###### 편

1946년생.
1959년 출가.
조계종 포교원 포교부장.
총무원 교무부장.
한국시학. 고문학회 전북문학회원

# 산다는 것은

산다는 것은
눈물뿐인 바람이지만
홀로 있을 때는 둘이고 싶어
뼈가 타도록 웁니다

티끌 세상
나그네로 태어나면서도
초대 받지 못하고
홀로여서 울었을까

산다는 것은
불난 집에서
꿈을 태우는
눈물이여요.

눈물의 파도 속에서
빈
그림자를 지우는
바람이여요

특정한 종교에 관심은 없다
하지만 시가 있어
시를 남겨둔다

# 손 모아 감사의 절합니다

천지의 은혜와 은덕에
손모아 감사의 절합니다.
부모님의 은혜와 사랑에
손모아 감사의 절합니다.

국가와 동포며 인류사회에
손모아 감사의 절합니다.
사·농·공·상의 노고에
손모아 감사의 절합니다.

인류의 행복을 위하여
손모아 감사의 절합니다.
세계의 평화를 위하여
손모아 감사의 절합니다.

한방울의 물 한톨의 곡식
스쳐가는 바람 숨 한 번에도
손모아 감사의 절합니다.
고맙고 감사한 인연들이여.

# 웃 음

웃어라 웃어
온 세상이
그대와 함께 웃는구나

웃음이 희망이요
웃음이 건강이며
웃으면 복이 와요

눈빛 미소에 사람이
맑은 웃음에 평화가
밝은 웃음에 기쁨이

밤하늘 별빛 웃음이여
진흙에 연꽃 웃음이여
어둠길 등불 웃음이여

우주에는 생명꽃 웃음이
허공에 해와 달 웃음이
가슴에 침묵의 웃음이

# 말 한마디

반갑다고
보고 싶다고
감사하다고
사랑한다고
고마웠다고
덕분이라고
참 좋은 생각이라고
네 그렇습니다. 라고

미안해요
이해가 되어요
고마웠어요
내 생각이 짧았어요
오늘 멋져 보여요
참 자랑스러워요
내가 뭐 웃을 일 없을까요
함께 있으면 힘이 나요

# 나눔

나눔은  행복의 씨앗이요
나눔은 평화의 열매

나눔은 자비의 마음을 낳고
나눔은 은혜와 감사의 양식

주는 사람이 곧 받는 사람이 되고
받는 사람이 곧 주는 사람이 된다

돕고 있는 그대 또한 그대이다
주고 있는 그대 다른 그대이다

해와 달 맑은 공기며 단비
촉들의 웃음 벌들만의 노래

가는 먼지도 태산을 더하고
지는 이슬도 강물을 보냈다

내가 한일 생각하면
빛이 됨이 부끄러워

# 내소사의 밤비

간밤 운 비
추녀 머리에 열어
오마지 않는 그대
발자욱 소릴 담는다.

대숲 타고 굴러굴러 오는
저 춤소리는
뒷모습 보이지 않는 그대
달려오는 숨소리인가요.

어둠을 깨는 햇살 사이로
들려오는 새들의 노래며
목청 돋우어 다투는 물의 가락
아, 나를 잊기 위한 그리운 노래여.

# 이런 대통령


흙냄새 땀 냄새
사람냄새 나는 사람


잃어버린 국민의 숨소리
잃어버린 국민의 자존심
잃어버린 국민의 꿈
찾아 함께할 사람


언 땅에도
초록빛 풀뿌리 씨앗
꽃 피울 사람


사람 사는 대한민국
살고 싶은 대한민국
살맛나는 대한민국
이런 대한민국을 만들 사람


욕망과 권력에 굶주린 노예로
길들여지지 않을 사람

아집과 독선의 노예가 되지 않을 사람
자신을 속이고 대중을 기만하지 않을 사람

제 귀를 틀어막고서 소리를
들으려는 짓을 하지 않을 사람

똥을 비단으로 싸 그 냄새를
막으려는 짓을 하지 않을 사람

그물로 바람을 붙잡으려는 짓은
하지 않을 사람

식은 밥덩이 훔치다 쥐덫에 걸려
죽는 짓은 하지 않을 사람

타버린 씨앗 심어 열매를 구하려는
짓은 하지 않을 사람

자존심도 양심도 부끄럼도 없는
짓을 하지 않을 사람

도덕성·청렴성·신뢰성
자정의식·개혁의식·역사의식
주인의식이 살아있는 사람

정직·겸손·정의로운 사람

상식이 통하는 정치
이해의 눈빛 칭찬의 가슴
믿음의 노래 사랑의 손길
복지국가를 실현하고
경제 정의를 살릴 살림꾼
우리의 숨소리 우리의 멋 우리의 가락을 살려
신명나는 잔치마당을 만들 사람
손이 되고 눈이 되어 줄 사람

거울되고 등불되어 줄 사람
약풀되고 양식되어 줄 사람

행복정치 신뢰정치 통합정치
나눔정치 섬김정치 생활정치

스스로 법을 지키고
말한 대로 행동하고
행동한 대로 말하는 사람

국민의 은혜와 사랑에 빚 갚을 대통령
국민과 국가에는
자랑스럽고 명예로운 봉사자

조국과 민족사에 자랑스러운 지도자
인류와 세계사에 존경받고 사랑받는
대한민국 지도자

우리의 선택이 우리의 만남이
위대한 승리에 역사이었음을
노래하며 춤추게 할
이런 대통령

# 박

# 진

# 관

## 시

## 인

## 편

문학박사, 철학박사

1976년 시문학
1982년 현대문학 시조
문학공간 시 추천위원
한국문인협회 회원
국제펜클럽한국본부 회원

# 통도사 현문 주지스님

통도사에 출가하여 수행자의 몸으로
평생을 부처님 법 바위 돌을 갈듯
참 진리 얻으려 했나 9용이 춤을 추네.

산문에 꽃이 피는 봄날에 꽃 소식을
자장율사 거닐던 도량을 순행하면
보이는 보궁탑 위에 구름꽃 내려오네.

신라에 불교전법 불법을 옹호하랴
청송 향기 영축 산에 가득하는 봄날
선법을 전하는 수행 멈추지 않으리라

# 통도사에 와서

통도사에 와서 신라의 선덕여왕을 생각하니
자장 율사가 오대산에서 거닐던 모습
내 이렇게 걸어보니 참 좋구나.

보이는 소나무도 미소를 보이듯이
걸음마다 피는 꽃이 다정해라
아득히 먼 날에 있을 그리움은
바람이 되어 날아가는 비둘기

나는 전생에 어떤 사연이 있기에 여기에 와서
노래를 부르고 있는 소쩍새가 되었나.
푸른 산에 산다는 것이 행복인줄 알았는데
반가이 맞아주는 벗이 있어 즐거워

바람이 불어오면 꽃들은 지고 말지만
지는 꽃을 바라보고 슬퍼할 일 아니다
나 또한 언제 가는 꽃처럼 떨어져
그렇게 살거라고 한편의 시를 쓴다.

# 흐르는 물소리

흐르는 물소리를 바라보고 있으니
바위마다 속삭이는 설법 소리
피는 꽃이 더욱더 아름답구나

하늘 위에 떠 있는 구름은
푸른 소나무에 얼굴 가리고
반나절 걸음 옮기던 검정소

맨 처음에 솟아오른 물방울이
이렇게 굴러가는 바위돌을 굴리고
어디로 가야 할 길을 찾는가
가는 곳이 어디인지도 모르면서

통도사 바위돌이 굴러가는 소리
천상에 도솔천 궁전의 뜰악
거기에는 연꽃이 가득 피어
오늘을 이야기하고 있으리

# 발걸음 옮길 적마다

통도사 가는 길에는
발걸음 옮길 적마다
연꽃으로 장엄한 길.

바위도 그림을 그리는 듯
세월이 물감을 뿌리고
천만년이 지나도 그날
그 모습을 조각하네.

부르면 달려올 것만 같은
영축 산이 눈 아래 있고
팔 벌리면 닿을 것 같은
바위도 굴러가네.

# 법산 큰 스님

통도사 뜰에는 시인들이 노래하는 세상
깊은 밤이 되면 하늘에 별들이 내려와
한바탕 춤을 추고 가는 정토세상

여기에서 와서 무엇을 더 원하랴
원할 것이 없으니 행복한 마음
천상낙을 얻었다 말할 수 있어

통도사에 산다는 것은 전생에 지은 복
대복을 얻지 않고서는 머물 수 없어
바라보면 볼수록 부러운 詩(시)바다

법산 시인은 오늘도 시를 쓰고
지난날을 기억하며 미래를 향해
피안으로 반야 용선을 저어가네

# 통도사 산길을 돌아

통도사 산길을 돌아가는 바람
어디에서 불어왔는지 알 수 없는데
산 넘어 구름은 밀려서 오고
가는 길을 나에게 묻는다.

나는 말할 수 없다 그렇게 말해도
나에게 길을 묻고 있는 구름은
한사코 나에게 답하라고 하네.
전할 말이 없다 말해도

통도사에 전문가 시인이 없는데
시를 노래한다고 하니 이상하다.
법산 시인이 어서 시집을 발간해야지

시 창작을 한다는 것이
아무나 하는 것이 아닌데.
요즘에는 시 창작이
소 찾는 법 같은 법을

모르고 소 찾고 있어

통도사 산길을 돌아가는 길
구름이 저만치에서 몰려오고 있어
이름 없는 새가 노래를 부르고
나의 발길을 멈추게 하고 있네.

# 통도사 진달래

영축산 길바닥에
피어있는 진달래
나는 한참을 바라보다가
발걸음을 옮겼지

진달래가 무엇을 말하는지
나는 금시 알아 볼 수 있어
이름만 불러도 좋다고

그러나 지금은 계절이 지나
꽃이라는 이름을 잊어버리고
신라의 장수들이 좋아했던 꽃
화랑도의 꽃이라고 말하자

김유신 장군도 여기와
나처럼 바위에 앉았다
그렇게 갔을 거라고

한 번만이라도 그렇게 생각했으면
풀밭에 암송아지가 풀을 뜯고

한 장의 그림을 그리는 화가
솔거가 되었을 거요

황룡사의 벽화가 아니어도
통도사 벽화에 그림을 그리면
그곳이 바로 부처님 도량
나비도 날아오지 않아
새들도 노래 부르다 떠났어
어딘가로 가야할 산천

진달래가 피어있는 마을에는
임자없는 무덤이 있는데
이름도 없는 시인이
노래를 부르고 있네

# 통도사 소나무

통도사 소나무를 안고
숨을 쉬고 있으려니
지난 세월이
나의 가슴에 뛰는
심장이 되었다

안아보아도 감정이 없는
돌미륵 같은 몸
무엇을 원하랴

가는 길이 아무라 험해도
가야 할 길이라면 가야지
가는 곳이 여기에서
얼마나 먼 곳이냐

통도사에 밤이 깊으면
하늘에 별들이 내려와
춤을 추고 있을
여기가 바로 정토

그렇게 많은 사람들이
소원을 빌고 또 빌었는데
얻은 것이 무엇인가
말하는 이 없네

한편의 시라도 기록하면
얼룩빼기 황소가 울음 울고
바라본 하늘에 태양이
반쯤은 기울어 있어

이별을 노래하는 새들 같이
통도사 소나무는 미녀 옷 입고
밤마다 춤을 추는 연습
그래서 오늘을 기억하나

# 돌을 다듬어 다리를 만들고

돌을 다듬어 다리를 만들고
사람들 건너는 법을 가르쳐준
부처님 도량을 거닐다가
문득 생각이 나서 멈추네.

흐르는 물소리를 듣고 있으면
천상에서 부르는 천둥 천녀의 노래
멀리 산 멀리로 달려가는 말굽 소리
이미 멈춘 지 오래되었다.

부르면 달려 올 것만 같은
미륵보살의 미소를 보이는 손길
세월이 그렇게 다듬고 다듬었나
푸른 이끼 옷이 아름답구나.

누가 여기에 와서 옷감을 걸치고
지나간 세월을 그림 그리려나
물새도 울지 않는 도량이네.
검게 타는 바위에 금이 가는
아픔을 누가 노래부르랴.

# 산문에 서서

통도사 산문에 서서 바라보았다
신라의 자장 율사가 거닐던 거리
나도 여기에 서서 무엇을 생각하랴.
그림자 없는 그림을 그리려고
말급소리 내지 않고 달리는 백말
천만년이 지나도 그 자리에는
노송이 넘어지는 소리를
그렇게 내고 있었다.
떠나간 이들은 떠나가고
돌아오는 이들은 다시 돌아오고
그림으로 그리는 밤이 좋아.

나의 심장에 피가 흐르는 도량
무엇을 위해 잠을 청하리.
오지 않는 밤을 부른다.
밤은 나의 창살을 붙들고
집일은 송아지를 찾아 나선다.

어디로 갔느냐
어느 곳으로 갔으나
찾아도 찾을 수 없어
통도사 산문에는
밤이 깊어 간다.

# 가을새

가을새가 날아갑니다.
푸른 소나무를 바라보면서 날아간 파랑새
저토록 가슴을 치면서 날아가는 푸른 새

온 산천에 붉게 물드는 단풍이
바위마다에 작은 아주 작은 나무에게도 찾아온 가을
그 가을새가 날개를 퍼덕이면서 울고 있는 아침
가을비가 무섭게 내리고 있는 사이에

가을새는 날개를 퍼덕이고 있는
삶에 소중한 시간을 안고 살아가는 이들에게
무섭게 내리치는 폭풍우를 안고 살아온 바윗돌 위에 소나무
그 위에 집을 짓고 있는 가을새를 본다.

나에게도 저 새처럼 집을 건립하려고 하는 마음
그러한 원대한 꿈을 꾸면서 살아갈 꿈을 꾸는
아주 작은 심장이 있어야 한다는 것을
아직도 지우지 못하고 있는데

가을새는 슬퍼서 너무도 슬퍼서
아무런 소리도 목소리도 없이
자작나무 숲길로 날아가는 몸
그날에도 새가 되어
가을을 지키는구나

# 저 흐르는 맑은 물처럼

저 흐르는 맑은 물처럼 흘러가라고
흘러가라고 그렇게 말하고 있을 때
세월은 말없이 지나가고 있는데
우리가 무엇을 위하여 이처럼
가슴을 안고 살아가는 아픔을
아 아 세월을 안고 흘러가는 물
그곳에 나의 육신을 던지리라.
한번 흘러가면 다시 오지 못할
그 순간의 시간들을 위하여.

얼마나 많은 시간들이 지나가고 있는데
바람이 되었다가 구름이 되었다가
흔적도 없이 자리를 버리고 떠나간
그 많은 이들이 자취를 보이지 않고
떠나간 세월을 아쉬워하면서 울어
온몸을 푸른 들판에 날아가는 새
나에게도 날개가 있다면 날아가리.
그러나 날개 대신에 흘러가는 물
물을 움직이고 있는 바람이다.

# 김유신을 생각하며

진천을 지나면서 지난날을 생각하니
김유신 탄생한 너무도 슬픈 진천
진천에 이주한 심정 그 누가 알아주랴.

김유신이 임나국에 태어났다는 나라
진천이 김유신을 슬프게 하였구나.
신라는 가야국 멸해 신라국에 병합했지

진천은 슬픈 눈물 쏟아지는 아픔을
이렇게 기록해 보니 너무도 한스럽다
임나국 설립하려는 그 뜻을 알겠구나.

# 나는 무엇을 위하여

나는 무엇을 위하여
날개를 달고 날아가야 하나
가는 곳이 어디인지 알 수 없지만
가야할 곳이 있다는 것은
참으로 행복하다.

그러나 나는 갈 곳이 없어
날마다 도솔천 내원궁을
바라보면서 살아가는데
이것이 수행자의 꿈이라고
그렇게 기록한다.

살아 있는 동안에 꽃은
그 꽃을 피우는 것은
바람이라고 기록하는데
바람은 꽃을 떨구지 않고
바라만 보고 있을 뿐이다.
바라보면 볼수록 아름다운 꽃
꽃에서 향기가 나는구나.

# 눈을 감으면 생각나는 바위

눈을 감으면 생각나는 바위야
너는 어제 밤에도 나타나서
나를 알고 가자고 했어.

가는 길이 여기서 얼마나 되기에
구만리장천에 구름이 가듯
나에게 삶의 길을 안내하듯
그렇게 가려고 했어.

가다가 보면 멈추는 길
그 길에 내가 있어
말방울 울리듯이 간다.

마구간을 울리는 소리
푸른 강물에 몸을 던진
구름이 되려나.

# 장미꽃 보면

장미꽃이 피어 있는 담장 가에
눈을 응시하며 바라보았는데
장미꽃은 나를 바라보면서
아무런 말도 하지 않고

강 건너 푸른 구름만을 바라보라고
그렇게 말하고 눈물을 흘리었네.
장미꽃이 눈물을 흘리는 이유는
향기가 없기에 벌 나비들이 무시한다고

바람이 지나가다가 잠시 머물러
가슴에 단 꽃봉오리를 만지듯
나비에게 말하여 속삭이게 하는 날
나는 사랑의 편지를 쓴다.

# 금명보정錦溟寶鼎의 다가茶歌

법화경 사경寫經을 하고 있던 깊은 봄밤에
송광사 금명보정 선사가 지은 다가를 읽고
천상에서 내려오는 새벽 이슬을 받아
설록차를 마시고 있는 나에게는 행복.

보조 지눌의 부도 탑 앞에 올린 차
조계종 종주의 사자후 외침 소리에
조계산 산문을 열고 수천의 선사들이
구름처럼 몰려오고 있는 조계산이여.

오늘에 조계종의 정혜 결사의 정신을 이은
다송자 금명보정 선사가 있었기에
삼보 종찰 송광사가 있음이라
이 아니 찬탄하지 않으리.

삼천리 금수강산에 태양이 있기에
아름다운 빛을 산천에 뿌리듯이
조계종의 융창을 부처님 전에 발원하여
영원무궁 전해지리라 믿음을 주신 공덕.

이 땅에 차를 찬미 찬양하는 선사
중국의 조주 선승만 있나 말하자
동방에 최고의 다승 금명보정 선사
부토 탑에 차를 올려 화두를 타파하세.

아 조계산문이여 영원히 빛이 되어
보조지눌 국사의 생성한 영혼이
조계산에 자란 녹차를 보존하게 하여
조계 선승들에게 깨달음을 얻게 하자.

이제 대를 이어 전승하는 것은
오로지 조계산문을 수호하고 있는
대선사 현봉선사의 원력으로
금명보정 선사의 정신을 계승하리.

# 겨울비 내리고 있는 날

겨울에 우산을 들고 가야 한다
눈이 오는 겨울에 비가 온다니
계절의 변화를 이야기하고 있는 날

나는 오늘을 이렇게 지키고 있는
추운 방을 기억하려고 하지만
컨테이너에 대한 역사를 기록하고자 한다

조계사 식당에서 공양을 올리는 보살들도
나를 바라보고는 측은한 일처럼 보이는 듯이
나에게 슬픔을 말하고 있다

조계종에서는 개혁을 주장할 시기에
아무런 역할도 하지 않는 인사들이
지금은 권력의 몸으로 종단에
지위를 다 차지하고 있는데
그들은 겨울을 슬프게 생각하지
않고 있는 백마 탄 기분이다

백두산 천지에서 솟아오르는 태양을
내가 기다리고 있는 것을 생각하면
달마의 파초 잎에 잘린 팔을 감싸 안은
선승들의 차 마시는 이야기를
이제야 알겠는가

오늘을 기억하려는 날의 추억은
바로 겨울에 비가 내리고 있다는 점이다
겨울에 비가 내리는 날에
눈이 오는 날을 기념이라도
하려는 마음이다

얼마 안 있으면 온 산에 목련이 피어나
이 산천을 장엄하려고 하는 몸이다
나에게 그러한 몸으로
이 국토에 서 있게 한다면
진달래꽃이 피는 날

나에게도 이렇게 추운 겨울을
이겨낸 인욕의 수레를 굴리고

사막을 행해 달려가리라

겨울에 내리는 비를 맞으면서
나에게 생각하는 역사를 기억하게 하고
내일에 오는 길을 걸어가고자 한다
길이여 열리어라 어서 열리어라

내 삶의 뒤안길에 삶을 노래하려고 한다
삶이여 살아있는 나를 지키는 언어
나의 삶에 나를 던지고자 한다

문

혜

관

시

인

편

1986년 《시조문학》 추천

한국문인협회 회원
국제펜클럽 한국본부 회원
현대불교문인협회 회원
계간 《불교문예》 발행인

# 도솔암

눈 오는 날
선운사 도솔암에 드니

내원궁 지장보살님은 주무시고
조주 임제의 향기도 없고
설파 벽파 선사는 외출중이시다

계곡을 따라 내려오다 만난
설산에 핀 동백꽃 향기마저
선사들을 따라 외출중이시다

# 눈 오는 도솔산

주인은 간 곳 없고
객들만 눈 위에
해인海印*을 새기고 있다

봄은 살아가는 것이다


* 부처의 지혜로 우주의 모든 만물을 깨달아 아는 일.
법을 관조(觀照)함을 바다가 만상(萬象)을 비춤에 비유하여 이르는 말.

# 봄은 살아가는 것이다

나비가 너울너울 들판을 가로지르고
비둘기가 구구구구 짝을 지어
보금자리를 틀고

봄은 살아가는 것이다


흙은 촉촉하여
싹을 틔우고
나무는 물을 빨아들여
꽃을 피우고

봄은 살아가는 것이다


작은 돌멩이도 봄비에
목욕하고 햇볕을 쬐고
햇볕은 돌멩이 위에 낮잠을 자고

봄은 살아가는 것이다

시냇가에 가 보면 알 것이다
들판 길을 걸어가면 알 것이다
산길을 걸어가면 알 것이다.

# 눈먼 거북이

신설동 골동품가게에서
눈먼 돌거북 한 마리 사다가
마당가에 놓았더니
어느 날 눈을 번쩍 뜨고 있었다
하얗게 눈부시게

목련나무에 가끔 앉아서
쉬어가는 산비둘기가
눈먼 거북이 애처로웠는지
엉덩이로 눈을 찍어 점안했다

산비둘기도 저리 안목이 있는데
시 한 편도 제대로 못 쓰고
눈 뜬 시인 노릇하고 있으니
나는 아직 멀었는가!

# 가을날

마당에 작은 석등 하나 가져다 놓으니

고추잠자리 찾아와 앉고

코스모스 벙글벙글 웃는다

더불어 모여 가을을 밝히는 오후

인연도 더불어 여물어 간다

# 초파일

연분홍 꽃 아래
다람쥐가 세수하고 있다

어디 가려고 하는 걸까
어디 바삐 가려고…

하! 그려, 오늘만 같이
햇살이며 아지랑이며
노란 민들레까지
온 산야가 풍만하여
똥파리까지 예뻐 보이는 날

나른한 오후
졸음이 온다

가로등이 연등으로 바뀔 때
부처는 이 땅에 왔다
무엇 하려 왔는가
무엇을 위하여 왔는가

고깃배가 고기 배를 따라가듯
연등이 연등을 따라갈 때
우린 어디로 가고 있는가
우린 무엇하러 가고 있는가

# 세월

백련사 숲길에
백발이 성성한 노승이
포행布行하는 것을 보아 왔는데

어느날
숲길 계곡을 걷다
맑은 시냇물에
내 얼굴이 비치는 것을 보았다

희끗희끗한 머리카락
나도 어디쯤 왔나보다

# 동백꽃

지독하게 추운 겨울 어느 날
눈이 많이 오던 날

어머니께서 기침을 하시더니
각혈까지 쏟더니

백설 위에
빨간 꽃, 피었다

박

수

완

시

인

편

1991년 월간 문학공간 시 신인상
현대불교문인협회 회장

# 좌탈입망坐脫立亡*

현관문에 기대어 서서
문 앞을 지키는 뽀리뱅이
꽃대에 아스라이 붙은 주황빛 꽃눈
몇 날 며칠이고 장좌불와로
봄을 응시하다
백발이 성성해지던 날
좌탈입망하여
형형한 눈빛까지도
이내 속으로 사위어지고
온몸을 홀연 산화하여
허공에 흩뿌린다.

현관문 앞에 홀씨 하나 날아와 앉는다.


* 오랫동안 참선 수행을 한 노스님이 앉은 자세(坐脫)나 선 자세(立亡)에
열반(涅槃)하는 것을 말함.

# 부처님 오신 날

봄 품속
미소로 피어나는
천년의 향기

룸비니 동산에 내린 꽃비 소식
천년이 지나고
또 천년을 지나
상전벽해 된 천년이
다시 지난 오늘에도
온 세상 곳곳마다
꽃비 소식

미풍의 속삭임에
거친 파도같이 일어서는
목마른 욕망을
순한 아이처럼 잠재우는 부처님
봄비 되어 굳은 땅의 가슴을 열고
충만한 생명으로 피어나는
천년의 향기

이제 맑고 향기로운
너의 눈을 떠봐

# 떡갈나무 잎새에 이는 바람

방문을 활짝 열고
고요히 앉아 먼산 바래기로
빗소리 들으면
안과 밖이 하나가 된다.

나뭇잎에 떨어지는 빗소리
소금꽃처럼 하얗게 눈을 뜬
내 안의 울림이 되어
떡갈나무 잎에서 잔잔히 흔들린다.
문득 외마디 치는 찌르레기 소리
흙내음 속으로 스미는
낙숫물소리

들리는 것과 들리지 않는 것
보이는 것과 보이지 않는 것까지도
내 안에서 이는 바람이 되고
소리가 된다.

# 흐르는 길 · 1

– 보이 것과 보이지 않는 것

삶의 뿌리를 받쳐준 신발
달마대사는 면벽 9년 끝에
짚신 한 짝을 매고 총령을 넘었다
대사의 무덤 속에 덩그렇게 남은
짚신 한 짝

누구도 풀 수 없던 매듭을
단칼에 끊어낸 알렉산더대왕은
천하를 정복하고도 젊은 나이에 요절할 때
자신의 관에 손과 발이 보이도록 구멍을 뚫게 했다

석가세존은 평생 동안
길에서 나서 길에서 살다 길에서 열반한 후
상수제자인 가섭존자에게
두 발을 관 밖으로 내보여주며
정법안장正法眼藏*을 전했다

그 발에 신겨져 닳고 찢겨 남루가 될 때까지
세월의 영욕을 함께한 신발

공수래공수거여!

삶은 또 이렇게 우리 곁에 왔다가

홀연히 되돌아간다


* 부처님의 바른 교법이라는 뜻. 모든 것을 꿰뚫어 보고 모든 것을 간직하며
스스로 체득한 깨달음을 뜻함.

# 모내기 풍경 · 1

황소 등에 쟁기를 매달고 가르마 타듯
논바닥을 갈아엎은 후
봇도랑 물꼬를 터 가르마 등대기가 잠길 듯 물을 채운다
쟁기를 떼어내고 써레를 바꿔단 후
미끄럼 타듯 물살을 가르며
골진 바닥을 굴곡없이 평평히 고른다
물수제비뜨는 제비들이 제트기처럼 빠르게 그 위를 난다
한 뼘 넘게 자란 모를 찌는 아낙네들의 손놀림도 경쾌하다
콧노래 소리에 흥을 돋우다가
만석이 아재 선소리에 맞추어 합창 소리 들녘을 채운다
모 시중하는 아이들도 더덩실 춤바람난다
못줄 넘기는 손이 경쾌해질수록 모심는 손놀림도 바빠지고
물살 가르는 소리가 장단을 이룬다
줄 넘어가요~
새참 나올 즈음이 가까워지면 개구리 떼같이 아이들도
함께 모인다
못밥에 생선찜이 어른도 한몫이고 아이도 한몫이다
물빛에 일렁이는 하늘 가득
산 메아리소리 들 메아리소리

# 무우수無憂樹 나무 아래서

무우수 꽃잎 나비 되어 펄펄 날리는
룸비니동산으로 오세요
금빛 여우가 자유로이 뛰놀고
물소리, 새소리, 풀벌레 소리 한데 어우러진
봄빛 그득한 꽃바다네요
마야왕비 무우수나무에 살포시 기대니
브라흐마의 옆구리가 열리고
빛나는 탄생의 동산이 됐네요

아홉 마리 용이 물을 뿜어 꽃다운 몸 씻으니
하늘 위와 하늘 아래
가장 존귀한 생명의 불꽃이 되네요
룸비니여! 룸비니여!
고귀한 씨앗 싹 틔운 땅
너와 나 그리고 우리
모두 함께 어우러진 생명의 바다

로

담

시

인

편

1991년 월간 문학공간 시 신인상

# 출가사문出家沙門의 기도

이 민족 허리띠를 풀어헤치는 그날이 오면
동방 향적세계
금강산 유점사를 찾아 발심 출가하여
북방 무우세계
묘향산 보현사에서 한 소식 얻은 후
남방 환희세계
지리산 화엄사에서 보림을 하고
서방 안락세계
구월산 패엽사에서 무여열반에 들고 싶네

# 그 이름은 걸사乞士

옷은 헐고 기웠으나
한 벌의 가사는
인류 중생 복되게 하고

진수성찬은 아니지만
한 벌의 발우는
자족할 줄 아는
지혜를 증장增長케 해

백운 끝에 걸사라 하며
생사의 바다에 배가 되고
유정무정有情無情의 불성을 일깨워
지장보살 대원의 감로수로 목 축인다

# 보이지 않는 길


눈이 먼 것도 아니요
귀가 먹은 것은 더더욱 아니요
코가 막힌 것도 아닌데
진실을 찾을 수 없는
고장 난 저울
잠자는 비너스상이 되어가는 늙음
자연 도인이 되는 세상
나는 마조의 기왓장을 갈고 있다.

# 삼매三昧*

기억을 하나로
사유를 하나로
생각을 하나로

그 하나가 일여一如*하고
일여가 여여하면
과거와 현재와 미래가 완연하다.

주금강도 건너뛴 점심을 먹고 나면
종일 배는 부르고
노파는 춤을 추고
꽃은 또 피고 진다

* 수행의 한 방법으로 심일경성이라 하여, 마음을 하나의 대상에 집중하는
정신력. 산스크리트 사마디의 음역.
** 진여(眞如)의 이치가 평등하고 차별이 없어 둘이 아니고 하나임.

# 심

## 혜

### 륜

시

조

편

본명 심종선(불명 혜륜)
1995년 부산일보 신춘문예 시조당선
부산문학상 대상
성파시조문학상 본상 수상

부산시조문학회 회장
부산문인협회 시조분과 위원장
현대불교문인협회 부회장 겸,
부산지회장 엮임

시조집 10권 및 법문집 등 다수

# 십자수 관음상

예쁘다
참 예쁘다
가슴이 턱 막혀온다

천지를
꿰뚫은 미모
세월도 못 부쉈네

밤마다
꿈속 들어와
날 죽이고 웃지요

# 고사풍경 古寺風景

### – 영각사* –


허리 굽은 대웅전은 늙은 삭신 너무 아파
쌍 지팡이 짚고 서서 먼 산만 바라본다
세월을 이기지 못한 기와지붕 등 터지고


빛 바랜 가사 한 벌 수백 년 단벌 신사
장좌불와 부처님은 자비미소 대중공양
이 빠진 창칼을 들고 근위 서는 신중神衆들


목소리 깨진 목탁 열반당에 누워 있고
불알이 빠진 요령 신음하며 신세 한탄
노승의 염불 소리는 비에 젖은 북소리


화랑도 말 달리며 통일의 꿈 갈고 닦던
오봉산 골짜기에 정기 아직 새파랗고
부처님 앉으신 도량 세월 이끼 두껍다


* 경북 경주시 건천읍에 있는 절

# 영각사의 봄
### - 아침

마실 나가 외박했던
절고양이 올라오면

딱따구리 목탁을 쳐
진언 외며 아침예불

산새들 짝을 지어 와
찬불가를 부른다

# 영각사의 봄
### - 밤

어둠이 농익으면
산짐승들 참배온다

산토끼 고라니들
담비부부 멧돼지가족

부처님 잠을 깨실까
살금살금 탑돌이

# 영각사 고양이 나비

깊은 산속 늙은 절에
동진출가童眞出家 절고양이

다람쥐 산새 잡아
자비 훈육 방생한다

오계를 받지 않아도
파계 없이 사는데

# 최

## 범

## 매

### 시
### 인
### 편

한국문인협회 회원
한국작가회의 회원

직지사 박물관장
구미 수다사주지

# 꽃바람 타고

꽃바람 타고 오는 무지개 울타리 위에
한 마리 나비가 날아와 옷깃을 접고
시름에 겨운 한을 달래어본다.

대쪽 같은 절개가 꺾이지 않는 곳
무지 몽매한 돌무덤에 비가 내린다.
비여, 내리거라. 온종일 내리거라!

메마른 가지 끝에 솟아오른 눈썹같이
등줄기 타는 꽃비 소리 없이 내리니
떠도는 이름 앞에 피리 소리 울린다.

# 형광등

불이 깜빡깜빡거린다
하얀 불빛을 내 보내며
온 방안을 밝게 해준 형광등
그가 흑점을 데리고 온 이후로 깜빡거리기 시작한다

나도 형광등 따라 깜빡 깜박거린다
판피린 한 병에 깜빡거린다
예전에는 안 그랬는데
부품이 여기저기 고장나기 시작한다
잘 수리해서 쓰도록 해야겠다

내 마음 불이 깜빡거린다
더 깜빡거리기 전에 무릎 꿇는 연습을 많이 해야겠다

# 구멍이 숭숭 뚫린 로봇들

눈이 아프다
눈에 가시가 들어갔는지
모래가 들어갔는지
벌레가 들어갔는지
눈이 따끔거리고 아프다
TV를 봐도 아프고 책을 봐도 아프다
잘 하라고 177석을 몰아준…
못 사는  사람들의 눈이 아프다
여론이 좀 올라갔다고
우쭐대는 사람들을 보니 눈이 아프다
시급한 일은 뒤로 미루고 협치한다는 미명아래 ×폼 잡고
다니는 모습에 눈이 아프고 속이 쓰리다
장맛비가 하염없이 땅을 탕탕치고 내리고 있다

# 헛소리

내가 너를 사랑한다고 말했을  때
그는 한사코 손사래를 치며
도망을 갔다

내가 너를 좋아한다고 말했을 때
그는 먼 산을 바라보며 헛소리야 하면서
땅을 바라보고 있었다

내가 너를 싫어한다고 말했을 때
그는 나를 샛눈으로
위로 아래로 쳐다보며
세상 참… 하며
저 산너머로 시무룩하게 사라져 갔다

# 서리

서리가 내렸다
낙엽 위에 서리가 사뿐히 내렸다
햇살이 자기를 비추기 전까지는 겁이 없는 서리
금방 사라질 서리가 두 다리를 쩍 벌려
햇빛하고 대립하고 있다
서서히 서리가 사라지기 시작한다
춥고 어두울 때만 나타난 서리가
호호 입김에
따뜻한 햇살에
쭈뼛쭈뼛 기세등등한 서리가 일시에
사라져 가고 있다

임

효

림

시

인

편

# 사람

사람이라고 다 같은 사람이 아니여
사람으로 사람 소리를 들을라면
사람이 존귀한 줄을 알아야지
어진 마음씨 하나는 있어야지

그 물론 세상 안에서나
세상 밖에서나
스스로 주인노릇은 할 줄 알아야지
쇠기둥 같은 줏대도 하나 있어야지

# 못생긴 나무가 산을 지킨다

산중에 있는 나무들 가운데
가장 곧고 잘생긴 나무가
가장 먼저 잘려서 서까래 감으로 쓰인다.

그 다음 못생긴 나무가 큰 나무로 자라서 기둥이 되고
가장 못생긴 나무는 끝까지 남아서
산을 지키는 큰 고목 나무가 된다.
못생긴 나무는 목수 눈에 띄어 잘리더라도
대들보가 되는 것이다.

너희들도 산중에서 수행하는 사람이 되려면
가장 못난 사람, 재주 없는 사람이 되어야 한다.
그래야 산을 지키는 주인이 되고…
부디 초발심에서 물러나지 말아야 한다.

# 헌시

큰 바윗돌이 매운 향내를 뿜어낸다면
그것은 또 어떤 냄새일까

억만년 오랜 세월
뜨거운 햇볕 아래
속으로
속으로 향내를 구워 내어

깊이가 얼마인지 잴 수도 없이
한없이
한없이 잠기어
코끝이 얼얼하게 취해 들기만 하고

오늘도 화창한 날
뜨거운 태양 아래
바윗돌은 제 몸을 달구고 있다.

이

범

상

시

인

편

2005년 월간 문학공간 시 신인상

# 경자년이 간다고 하니

정말로 쥐가 가고
소가 오는 것일까
개날이라서
개가 달라지고
소날이라서
소가 달라지는 것
한 번 보지 못했으니
쥐해가 가고
소해가 온다 한들
무엇이 달라질까
다만 때에 맞추어
서로의 안부를 묻는 게지
쥐처럼 영악하게 살아보고
소처럼 우직하게 살아보고
그렇게 살아본 뒤 끝이라야
뉘 만나면
그렇게 살았노라 당당할 텐데
쥐해는 이러쿵저러쿵
소해는 저러쿵이러쿵
세월 탓에 여념 없으니

개는 달을 보고 짖고
중은 빈 목탁만 두드리는데
동지 지난 매화
열정의 가슴은 붉어지고
당당히 드러낸 나목은
지나는 바람소리에
벌써 봄을 알아차렸구나

# 한 매듭을 묶으며

시간이란
나라는 존재가
형성되었다 소멸되는 기간
그 기간 쪼개서
매듭 매듭 구분 지으며
인생 한 바퀴 살아간다
작년 이맘때 보잘것없지만
매일 한편의 詩를 쓰기로
나와 약속을 했었다
속절없는 시간 속에
오늘 그 한 매듭 마무리 짓고
또 다른 매듭 시작하련다
말과 글 밖으로 나오면
이미 나의 몫이 아니니
읽어 주심에 언제나 고마웠고
님들의 정성스러운 댓글에
답글조차 달지 않은 염치
머리 숙여 죄송함을 전하며
마음에 새긴 님들이 계시니
부족한 생각이나마 때때로

안부 여쭐 것을 약속드린다


☆ 웃음은 萬事를 행복으로 이끄는 묘약이니,
함박웃음의 한가위 보내시길 빕니다

# 배[梨]의 사연

어머니의 배에 담겨
生死의 時空을 건너
이 세상으로 왔고
사공이 다스리는 배를 타고
강과 바다를 건너며
굽이굽이 살아간다
뱃가죽 등에 달라붙었던 시절
그때 그 배고픈 시절에도
힘센 놈은 배가 나왔었나 보다
불쑥 튀어나온 배
쑥 들어간 배꼽
그 모습 닮았다고 배라 불렀을까
배에 담겨 이 세상에 왔다고
그 이름을 빌려서
제사상에 배를 올리는 걸까
세상풍파 안전하게 건너라고
그 마음에 감사를 담아
때마다 배를 선물하는 것일까
지난여름 폭우에 긴 장마
농부는 두 손 모아 빌고 빌어

뚱실하게 배를 살찌웠고
추석을 준비하는 바쁜 손길
암튼 무슨 의미의 배인지
정성스레 포장을 한다

# 선물

백수의 왕 호랑이는
죽어서 가죽을 남기니
이곳저곳 깔개로 전락함이요.

출세한 사람은
죽어서 이름을 남기니
충신 역적 시비요 분별이요.

깨달은 성인은
時空에 변함없는 말씀 남기니
生死를 논할 수 없음이요.

염치없다 흥보았던 족제비
죽어서 붓을 남기니
일장춘몽 족제비 장단 아니던가.

이제 막 맛들기 시작한 벗
한가위 맞아 붓을 보내오니
서투른 춤 한바탕 놀아 본다네.

# 억념憶念*

개구리 마음 알 수 없으니
발 앞의 개구리
어느 쪽으로 뛸지 모르고
내 마음 시시각각 변하고
세상사 정해진 것 없으니
오늘 하루 예측하기 어렵다.

개구리 뒤따르는 위험 피하듯
눈앞에 닥친 일 그것을 두고서
나의 일 또다시 어디 있으랴.

걸음걸음 님 생각 변하지 않고
들숨날숨에 끊어지지 않으니
理도 事도 아닌 그 자리
개구리 마음 알 수 없어도
내 마음은 볼 수 있으니
억념에 새긴 님 곳곳에 춤을 춘다네.

*마음속에 단단히 기억하여 두고 잊지 않음

# 마당을 쓸며

불구부정 不垢不淨
더럽지도 깨끗하지도 않으며
부증불감 不增不減
늘어나지도 줄지도 않는다
빗자루 무늬 정갈한 마당
날 듯 말 듯하는 땀을 식히는
은은한 차 향기에
노동의 성취감이 일어난다
단지 눈앞만을 치웠는데
더러움이 사라졌다는
어리석은 착각 도덕청결주의*
不垢不淨의 순환을 깨트린다
늘어나지도 줄지도 않으니
단지 옮겨 놓았을 뿐인데
깨끗이 치웠다는 뿌듯함
마음에 번뇌를 쌓아 올린다
어쨌든
마당은 쓸어야 하고
무심한 마음 정갈해야 하고
먹었으니 내보내야 한다

마당 쓸어 모아 놓은 곳에

꾸물대는 녀석들 들끓고

두더지 몇 번 드나들고 나면

탐스런 꽃으로 흐드러지겠지


*도덕청결주의 : 재래식 화장실은 완벽한 자연순환으로, 수세식과 같은 환경오염을 일으키지 않는다. 그런데 결과적으로 환경을 더 많이 더럽히는 수세식이 재래식 보다 청결하다고 하는 주장.

# 가을을 밟으며

길 없는 길
가을에 닿으니
국화는
찬서리 마중 나서고
사과는
붉음에 맛을 더하고
古人의 발자취는
단풍으로 선명해지는데
어리석은 나
서리도 붉음도 두렵기만 하다네

# 노을을 보며

노을이 아름다운 것은
내일이 온다는 확신이 아닐까
오늘이 진실해야 하는 것은
내일이 있기 때문이 아닐까.

촛불은 성냥불이 아니지만
성냥불에서 옮겨갔으니
오늘의 나 내일의 나 아니지만
오늘의 나에서 이어질 테니
하루는 솟아오르는 태양처럼
열정이어야 하고
인생은 아름다운 노을처럼
매일이 그러해야 하지 않을까.

# 뭐 별거 있겠소

광야의 세월에 독야청청
코 떨어진 부처의 심지心志*
처음부터 알 수 없고
내 알바도 아니라네
청산의 천년 노송
풍상 한서에 一心불변
한색으로 청청할 때
그것 역시 제 삶이니
새는 둥지로 깃들고
나그네는 그늘에 쉬어가고
송충이는 배고픔 달래고
목수는 집 짓느라 베어 가고
부처 짊어진 독야청청
타고난 나의 심지心地**
사바의 중생 떠나
또 무엇에 있었으랴
깊어 가는 가을밤
번거롭게 묻는 이 있으니
하릴없는 번뇌 중생
엉뚱한 썰을 풀어 댄다

*心志 – 마음속에 품은 뜻
**心地 – 마음의 본바탕

# 추분

나이 한 바퀴 돌 쯤이면
초롱초롱 손자들에게 전해 줄
이야깃주머니 몇 개 있었는데
머리에 흰서리 내릴 쯤이면
고뿔 배앓이 정도 해결할
나름의 비법 몇 개 있었는데
얼굴에 주름살 깊어질 쯤이면
버섯이며 머루 다래 꿀밤
비밀 장소 몇 군데 있었는데
영감 냄새 슬슬 싫어질 쯤이면
된장찌개 총각김치 청국장
푹 익은 손맛 몇 개 있었는데
동네 길도 기계에 묻는 세상
할아버지 할머니의 삶의 지혜
더 이상 소용 닿지 않으니
밤 길어지는 추분의 소슬바람
떨어지지 않은 낙엽 소리에
동지 밤 지새울 걱정 앞서네

# 방

## 해

### 성

시

인

편

2017년
시와 수상문학 시부문
신인상 수상

한국문인협회 회원
국립국어원 불교수화 편찬위원
한국음악저작권협회 작사회원
한국음반산업협회 회원

소리의 향기 찬불가요 음반4집 간행

# 어머니의 풍경소리

금빛노을 내려앉은 산자락
나부끼던 수풀 가쁜 숨을 삼키고
뭉게구름 쉬어가는 고요한 산사

땡그렁 땡  땡그렁 땡
처마 밑 물고기 바람에 기대어
눈물소리로 나를 부른다

이 세상 무엇과도 바꿀 수 없는
귀한 보배라며 잔잔한 미소로
어루만져 주시던
어루만져 주시던 어머니 어머니

잡은 손 뿌리치고 돌아선
이 자식 그리워 가슴 조이며
황혼빛 그늘에서
옥 같은 모습 사라진 어머니

긴 세월 불효함에
가슴 깊이 묻어둔 눈물 감추며

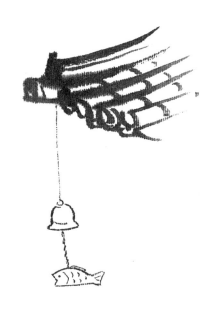

풍경소리에 어머니의 사랑 담아
바람에 실려 보낸다

# 청춘

은빛 물결
반짝이는 호수
신록이 물든다

피어나는 꿈
물새들의 날갯짓
샘솟는 청춘의 희망

갈대 함성에
초록의 미련 없는 향기

쉼 없이 가는 세월
젊음을 안고
물 위에 반짝이는데

# 거울

소나무 숲 아래
흐르는 계곡

지친 몸 내려놓고
물소리 바람소리
마음 적신다

솔향기에 담은
풍경화는
파란 꿈 안은
내 마음 같고

물 위에 송사리 떼
내 얼굴은 둥실둥실
어쩜 저리도
맑고 투명한
거울 같을까

# 우리는 모두 하나

우리는 모두 하나
너와 내가 둘이 아니죠

함께하는 그런 세상
우리 모두 만들어 봐요

사랑과 자비의 손꽃
마음 따라 피어나서
고통받는 중생들의
희망의 향기 되어

아름다운 행복의 문을
끝없이 열어 주는
우리들의 사랑의 손길
자비의 메아리여

# 나한의 미소


땅 속 오백여 년
수행하시다
국립중앙박물관에 나들이 오신
창령사 나한님

고상한 당신의 미소
지친 중생들
아픈 마음 달래주고
평온 꽃 피우시니

향기 가득한
당신의 자비로움
어느 마음속에
품을 수 있을까

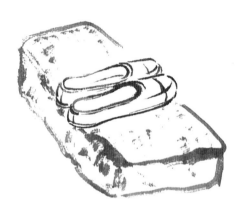

# 하얀 고무신

처음처럼 하얀 마음 찾아서
머나 먼 길을 걷고 또 걷는다
땀과 눈물에 찌든 때
마음으로 씻어내며
끝없는 길을 걷고 또 걷는다

혼자 가는 외로움
빗물에 스며드는 험난한 길
달빛으로 꿰매어 댓돌 위에 놓으니
바람에 낙엽 한 잎 들어앉는다
깊은 밤 지새우며
가슴속을 떠나지 못하는
탐진치* 삼독심三毒心을 살포시 내려놓는다

* 탐욕[貪], 분노[瞋], 어리석은 판단[癡]은 마음에 번뇌 일으키는 독과
같다고 하여 삼독(三毒)이라 함.

도
업

시
인
편

# 겨울 환절기

세월의 길 위에
적송 한 그루 심어 놓았더니
해와 별, 벗 삼을 줄 몰랐더이다.

헐벗은 바람 눈꽃 떨구고
겨울나무 사이로 발버둥칠 줄
그땐 몰랐더이다.

구름 꺾여 묶인 자리
돌아볼 생각도 없이
시린 지저귐으로 노래할 줄
나는 몰랐더이다.

슬픈 대로 휘몰리는 바람
잿빛 구름 장막에 가려진 하얀 햇살
뜨거운 손 버거워할 줄
미처 몰랐더이다.

형상 잃은 그 세월
이제 다소곳 내려앉아

겨울비에 스스로 묻힐거외다.

# 백일홍

서늘한 가을날
어둠의 입이 황혼의 엷은
빛을 삼킬 때에
나는 시름없이 문 밖에 서서
당신을 기다립니다.

시내를 따라 굽이친
모랫길이 어둠의 품에 안겨서
사라진 자취를 남기고
게으른 걸음으로 돌아옵니다.

네모진 작은 못의 연잎 위에
발자취 소리를 내는
실없는 바람이 나를 조롱할 때
아득한 생각의 벼랑 끝에서
지금도 이제나저제나
당신을 기다립니다.

# 오

## 심

### 시

### 인

### 편

2020년 5월,
문학공간 신인문학상으로 등단

전, 대한 불교 조계종
기획실장
문화부장

현, 불교신문 주간

# 그렇게 가시는가

무엇이 급했기에
무엇이 힘들기에
그렇게 가시는가

왜 몰랐던가
왜 보지 못했던가
왜 빨리 하지 못했던가

그렇게 가시려고
그 짧은 세월을
치열하게 살았던가

어릴 적
같이 놀던
그 도량이 보고 싶지 않는가

어릴 적 방황하던
그렇게 순례하던
인도가 그립지 않던가

조금 더 같이 있지
조금 더 같이 놀지
조금 더 같이 수행하지

무엇이 급했기에
그렇게 빨리 가시는가

그렇게
할배 스님을 따라
그 나이에 가시는가

할 일이 태산인데
할 일이 천지인데
할 일이 바다인데

우리 다음 생에는
다시 만나서 더 아름답게
수행해보세

잘 계시게
잘 가시게
잘 가시고 다시 빨리 오시게

# 님이 가신 날

그렇게 화려했던 그날은 가고
나는 여기서 홀로 서 있네
바람과 낙엽 만이 휘돌아가고
떠나간 님은 아직도 소식이 없네

# 새로운 불교수행의 첫걸음이였음을
## - 떠나는 님아

가시옵소서 가시옵소서
내가 싫다면 가시옵소서

떠나가소서 떠나가소서
나가 밉다면 떠나가소서

나 한 말이 밉다면 떠나가소서
나 행동이 싫다면 떠나가소서

그 모든 게 나 업이고
그 모든 게 나 받을 수라면

원망하지 않으리
괴로워하지 않으리

# 瓦松雨 와송우

너가 흘러서 세월의 잔상으로 남으리
너가 내려서 소나무의 긴 골이 되리

내리는 게 눈물 만은 아니리
흐르는 게 세월 만이 아니리

마음의 화살은 고리를 물고 있고
인생의 고는 이끼로 남는다

수행의 모습이 이러할지니,
가벼이 뗏돌에 신발을 벗는다

# 짝사랑

님을 혼자 그리워합니다
님을 혼자 사랑합니다
님을 혼자 생각합니다

님은 나를 싫어해도
님이 나를 미워해도
님이 날 밀어내도

나는 님을 버리지 않습니다
나는 님을 떠나지 않을 겁니다
나는 님을 사랑합니다

나는 님을 좋아합니다
나는 당신의 모든 걸 좋아합니다
당신의 헝클어진 머리조차도

그게 짝사랑이래도

# 남도해 시인 편

법명: 도해(道諧) 속명: 남계원

월간 국보문학 시부문 신인상 수상
(사)한국국보문인협회 정회원
제28호 동인문집 『내 마음의 숲』 편
집국장

(사)한국국보문인협회 제정
제1회 한라문학상 시부문 대상

# 한라산

한라야, 네 뜨거운 심장으로 만든
돌과 나무의 옷을 들추니
그 오름새로 붉은 속살이 눈부시구나

오늘 너의 숨소리 들으니
같이 노래하며 생명을 불어넣던
기억, 더욱 또렷하구나

한라야, 지금 이렇게 눈을 마주 보며
본래 하나였던 벌거숭이 색깔로
말없이 웃으며 춤을 추니 좋구나

백록수로 엮은 사랑은
약속과 운명도 허용치 않는
행복, 그 마음엔 시공간도 없구나

# 茶心다심

차는 사람을 이롭게 해
우리의 마음씨를 자각하게 하니까

차는 사람답게 해
인격을 기르게 하니까

차는 사람을 지혜롭게 해
사색을 더 깊게 하니까

차는 사람을 고귀하게 해
서로를 비추는 거울이 되니까

차는 사람을 살맛 나게 해
몸과 마음을 건강하게 하니까

오늘도 선차禪茶를 내린다
차에는 역사와 철학이 있다

# 黎明여명

여명의 마음 숲을 거닐며 하늘을 보면
검은 땅은 발길을 잡고 하늘은 검푸른데
반딧불 하나 둘 잠자리에 들 때 하루를 맞이한다

백 년이 훌쩍 넘긴 소나무가 인사한다
너의 삶은 정직했냐? 고
너의 시간은 가치가 있었냐? 고
너의 마음 씀씀이는 잘 아느냐? 고

정직, 가치, 마음이라는 익숙한 단어들의 기억
새들이 막 깨어나는 소리가
나의 잠자던 세포들을 툭 친다

놀란 마음 다독이는 발길에 이슬이 차갑다

## 茶飯事다반사

바람에 실려 온 향기
꿈같은 잠을 깨워도
행복은 멈추질 않네.

보글보글 자르르
물 끓는 소리에
차선이 춤을 추네.

향기로운 차 맛은
욕망의 오감을 잠재우고
영원의 시간을 멈추네.

# 노을

한 번도 쉬지 않고 흐르는 물의
끊임없는 역동성과 창조성은
펄떡펄떡 뛰는 뜨거운 심장이다.

부릅뜬 안목으로 항상 새로운 생명의
연속성을 자각하고는 정신이 번쩍
세상의 아우성과 순간순간 현실의
천둥과 번개를 동반한 폭우 속에서도
의연한 산 같은 부동심과
허공의 드넓은 마음 만든다.

아름다운 노을은 강물과 산과 하늘
그 어느 것도 나의 빛나는 생명
고요한 마음의 절대적 투영이다.

그리고 빛으로 가득한 역동적 삶을
창조하며 살라고 말하지 않은 적이 없다.
한 순간도…

# 한

## 탄

### 탄

시

인

편

탄탄 스님 문학박사

2022년 1월호, 문학공간 신인상

# 내 마음의 가을

뭉게구름도 쉬어간다는 추풍령재
하늘도 푸르고 깊어서
소리 소문 없이 떠나려는
가을을 마주한다.

서러워 아린 눈빛으로
뒹구는 낙엽을
배웅하여 준다.

잘 가라고 이제 막
옷을 벗고
목욕을 끝낸 여인의 맨몸이 되어가는 나무들이
내 헐벗은 서러움인 양 시리다.

아쉬움의 계절이 또 떠나고
찬란했던 가을이
홍조 띤 얼굴로
이제 막 떠나려네.
인사하여 준다.

# 슬픈 겨울

겨울은 슬프다네.
올해는 너무 슬퍼라
왜 슬프냐고
모른다네 모른다네.
그냥 아주 많이 슬프기만
슬픈 겨울은
죽음이고 이별이고
서러움이고 통곡이네.
너무 슬퍼서 울음도
나오지 않는 슬픈 겨울
사무치게도 슬픈 겨울
어서 떠나주렴
아주 멀리 떠나주길 바랄 뿐.

# 탱자나무 그늘에서

빛깔 고와 울타리는 아닐 테지
가시 있어 울타리일 테지
고운 꽃잎은 화사하여
이슬을 머금은 탱자

밤톨보다 큰 노오란
한 줌에 쏙 움켜준
향기도 그윽한 탱자

탱자 탱자 노올자
하는 옛 친구
달빛처럼 눈부시여
갓 시집 온 새색시
색동옷 같이 화사하기만 한
탱자인데.

# 천리향

어쭈구리
땡글 땡글
먹음직도 하여
한 손에 쏘옥 들어오네.

벗겨 보니 내 마음도
매혹적이어서
고운 향기는
글쎄, 천리를 간다네.

# 산다는 것

어릴 적에는
산다는 것이 무엇인지도 모르고
천방지축 들로 산으로 뛰어다니며
놀이에 빠져 철을 모르고 지내왔으며
사리분별력 부족했던 사춘기 때는
청주시청 언저리 헌책방에서
우연히 소월과 동주의 시를 만났다
지금도 어디엔가 보관되어 있는
그때의 시집들이 백신이 되어 주었기에
질풍노도의 시절이었지만
가끔은 사고도 치며 방황을 하였고
죽음의 강을 건너지 않아도 되었다
대학 때에는
해방신학과 몇 권의 사회과학 서적이
생각의 틀을 바꾸어 주었고
문익환이며 계훈제 전태일이
내 성장과 정신의 주역이었으며
이제는 내 삶의 완성은 오직
불교 안에서 이룰 깨달음의 그것이어라
그 길만을 걷다가 죽었으면 여한이 없겠다.

지난 시절 잊혀지지 않는
역사의 제단에 바쳐진 꽃다운 젊은 죽음들이
이 아침에 한없이 애처로워진다.
밤을 지세워 농성을 하던
그해 5월의 명동성당의 가두투쟁이여!
사진 한 장 남아 있지 않은
내 젊은 날의 아련한 기억도
삼류 영화관에서 본
'뻐꾸기가 둥지를 날아갔다고 어쩌구' 하던
동시상영 영화도 모두 다 지나간 세월
그때를 추억하고 싶지는 않지만
결코 그 시절이 그립거나
그때의 모습으로 돌아가고 싶지도 않지만
현재는 나의 내면의 DNA에 짙게 드리워 있는
오직 '삶이란 무엇인가?'에 대한
화두 한 자락만이 절절하다.

세상에 던져진 이들이여!
아프간 공항에 버려진 아기의 일생처럼
우리네 삶은 그처럼

지구 어느 한 귀퉁이에 버려진 존재인 듯 모두 고단할 뿐

당신과 나 우리 모두는 삶이라는 같은 번뇌를 끼고

그저 살아갈 뿐

내 삶의 번뇌를 그대에게

옥가락지 끼워 주듯 전가해 줄 수도 없음이며

아픈 어느 중생의 절박한 고뇌도

대신할 수 없을 뿐

산다는 건 가끔은

체념하고 미워했던 이를 보듬어 안아 줄 수 있는

여유도 가져 보아야 하리라

누군가의 손가락에 가락지 끼워 주며

세상의 아픔을 함께하자고

우리가 꿈꾼 세상이 곧 올 거라며

부도수표라도 마구 남발하고 볼일

아~ 저 하늘의 별이 당신을 위해 빛나고 있다는

감언이설도 꼭 잊지 말게나.

승려시집 9집을 간행하려고 하는 이유는 승려시인들의 문학 운동에 대하여 역사성을 회복하려는 의미이기도 하다.

불교계에서는 불교문학에 대한 역사는 말하지 않아도 만해 한용운 시인을 배출하였다고 선전하고 있는 박한영 스님이 학장으로 있을 무렵에 미당 서정주 시인이 중앙불교전문학교 중퇴하였다.

박한영 스님의 명에 의하여 출가를 하려고 했지만 담배를 피우는 바람에 출가를 하지 못하고, 시 창작에 전념하여 1936년 동아일보에 신춘문예 시『벽』이 당선 되어 시인이 되고 불교계에 불교문학을 발전시켰다. 특별히 김광균, 김동리, 오장환 등과『시인부락』을 창간하였다.

하지만 미당 시에 대하여 일본을 찬양하는 시를 창작하고 있어, 훗날에 친일 찬양시를 창작하기도 했다는 비판적이기도 하다. 그러나 혜화전문학교 졸업 이후에 1939년『문장지』에 정지용 시인의 추천으로 등단한 조지훈은 『청록집』을 간행하여 시인의 명성을 얻게 되었다고 말할 수 있다.

조지훈 시인은 대학에서 문학을 창작할 시기에 만해 한용운 시인을 만났다 만해 한용운 시인을 만남에 민족 시인으로 세상에 등장하게 된다. 그러한 의미에서 승려시집을 간행하려는 이유이기도 하다.

대한불교조계종에서는 불교문화정책을 실행해야 한다고 생각하면서 간절히 진언을 하려고 한다. 대한민국에서는 문화정책에 대한 창조성을 후원하고 있지 않다는 점이다. 한편의 시를 창작하여 인간 존엄성을 성찰할 수 있어야 한다.

실로 일본에 문화적 국보는 백제 승려들이 제작하였다고 하는 미륵반가사유상을 보면 알 수 있고, 고구려 승려 담징의 금당벽화를 통해서도 문화라는 것이 얼마나 소중한 가치가 있는가를 알 수 있다. 뿐만이 아니라 불국사 탑에서 나온 무구

정광 다라니를 보면 일 수 있다.

신라의 향가를 통해서 승려들이 문학에 전념해야 한다는 점을 바르게 인식하기를 촉구하면서 고려시대 균여를 들 수 있고, 혜심을 중심으로 승려시인이라고 칭하고자 한다. 차를 중심으로 시를 창작하였던 송광사 금명보정 차 시인에 대한 역사를 전승하면서 승려시집 9집을 편집하며 이글을 부처님 전에 바친다.

승려시인들에게 창작의 열성을 보이기 바라면서 한편의시를 창작하여 민족문학을 전승할 수 있는 승려시인의 위상을 다시 찾고자, 서원을 세우는 인욕이 필요하다고 본다.

승려시집 편집장

진 철 문 시인·박사

# 시인이여,
# 깨달음을 노래하라

조 오 현   외 18인

1판 1쇄 발행　|　2022년 5월 6일

펴낸이　　|　고봉석
편집자　　|　윤희경
동양화　　|　권세혁
디자인　　|　이진이
펴낸곳　　|　이서원(利書園)

주소　　　|　경기도 성남시 분당구 중앙공원로17. 311-705
전화　　　|　02-3444-9522
팩스　　　|　02-6499-1025
전자우편　|　books2030@navercom
출판등록　|　2006년 6월 2일 제22-2935호

ISBN　　|　979-11-89174-35-4